T0285254

Classic Fairy Tales with a **Twist** BILINGUAL

Mama Goose Gets a Goose Egg
Mamá ganso anda por las nubes

Written by Shannon Anderson
Illustrated by Gal Weizman

Escrito por Shannon Anderson
Ilustrado por Gal Weizman

A Mermaid Book

SEAHORSE
PUBLISHING

Once upon a time, there was a mama goose. She was out walking with her goslings when a tragic accident happened.

Había una vez una mamá ganso. Caminaba con sus ansarinos al aire libre cuando sucedió un terrible accidente.

The Goose family was taking their evening stroll in the park toward the pond. As they passed the baseball diamond, a foul ball flew toward Mama Goose and whacked her right in the head! She fell over and lay there, stunned.

La familia Ganso hacía su acostumbrado paseo de la tardes por el parque para ir al estanque. Al pasar al lado del campo de béisbol, ¡una pelota perdida le pegó a mamá Ganso directo en la cabeza! Se cayó y se quedó ahí, aturdida.

The goslings surrounded her.
"Mama! Are you ok?"

Sus ansarinos la rodearon.

—¡Mamá! ¿Estás bien?

Thankfully, she opened her eyes and smiled. But then, she opened her beak to speak.

"Good morning, my sweet ducklings!"

"Mama, it's almost bedtime. It's not morning," the smallest one said.

"And we're not ducklings!" said another gosling.

"Oh, silly me," said Mother Goose. "Let's go home, and we'll do our bedtime stories."

Afortunadamente, abrió los ojos y sonrió. Pero entonces, abrió el pico para hablar.

—¡Buenos días, mis lindos patitos!

—Mamá, ya casi es hora de ir a dormir. No es la mañana —dijo el más pequeño.

—¡Y no somos patitos! —dijo otros ansarino.

—¡Ay, qué boba! —dijo mamá Ganso—. Vayamos a casa y contemos historias para ir a dormir.

They all waddled home and settled into their nest. By now, Mama's head had a bump as big as a goose egg.

Bedtime was everyone's favorite time of the day. Mama Goose always told the best nursery rhymes. She knew them all by heart.

Todos caminaron a casa y se acomodaron en el nido. Ahora, mamá Ganso tenía un chichón en la cabeza del tamaño de un huevo de ganso.

La hora de ir a dormir era la favorita de todos. Mamá Ganso siempre cantaba las mejores canciones de cuna. Se las sabía todas de memoria.

"Can you start with 'Little
Bo Peep,' Mama?"

—¿Puedes comenzar con
«Arrorró mi niño», mamá?

"Of course!" said Mama Goose.
—¡Claro! —dijo mamá Ganso.

"Little Jo Jeep

Had lost her beep.

She didn't know where to find it.

She got a new bell

That worked really well

And then she didn't mind it."

»Arrorró mi Jeep

Arrorró mi acción

Arrorró pedazo

De mi diversión.

Este auto mío

Se quiere descomponer

Y su pícara campana

No quiere encender.

"Ummm, Mama? Are you sure
that's how it goes?"

—Mmm, ¿mamá? ¿Estás
segura de que eso dice?

"Of course! What else would you like to hear?"

"How about 'Mary Had a Little Lamb'?" said a gosling.

—¡Por supuesto! ¿Qué otra canción les gustaría oír?

—Queremos oír «María tenía un corderito» —dijo un ansarino.

"Mary had a little graham,
And fluffy marshmallow.
She held it by the fire pit,
To toast it, nice and slow.
She added on a chocolate bar
And made the perfect s'more.
She ate the sticky, tasty treat
And then she made some more."

—María tenía una galletita graham
Y un delicioso malvavisco.
Los puso en la fogata.
Para tostarlos y que derritieran rico.
Agregó un chocolate con la pata.
E hizo el s'more más único.

"Mama!" a gosling said, giggling. "That's not Jack and Jill!"

—¡Mamá! —dijo un ansarino riendo—. ¡Esa no es la canción de Jack y Jill!

"My brain is a little foggy tonight. Do you want me to try another?" asked Mama.

How about 'Hickory, Slippery, Sock'? Or 'Three Kind Mice'?"

—Mi cerebro está un poco confundido esta noche. ¿Quieren que probemos con otra?

—preguntó mamá—. ¿Qué les parece «Duérmete calcetín» o «Los tres ratoncitos»?

One of the goslings spoke up. "Mama, we called the doctor, and the doctor said, 'No more nursery rhymes with bumps on the head.'"

—Mamá —habló uno de los ansarinos—, llamamos al médico y nos dijo: «No más canciones de cuna con chichones en la cabeza».

"Yes," said another gosling, "put this ice on your head and get some rest. We'll do more tomorrow night if you feel better."

—Sí —dijo otro ansarino—, ponte hielo en la cabeza y descansa. Cantaremos más mañana en la la noche si te sientes mejor.

When the geese woke up the next day, Mama's head was back to normal. From that day on, they skipped the loop around the baseball field and went straight to the pond and back before bedtime stories. Then the geese all lived happily ever after.

Cuando los ansarinos despertaron la mañana siguiente, la cabeza de mamá estaba normal. Desde ese día, evitan pasar cerca del campo de béisbol y caminan directo al estanque y regresan antes de la hora de ir a dormir. Así, todos estos gansos vivieron felices para siempre.

Written by: Shannon Anderson
Spanish adaptations by: Pablo de la Vega
Illustrated by: Gal Weizman
Design by: Under the Oaks Media
Series Development: James Earley
Editor: Erica Ellis

Library of Congress PCN Data
Mama Goose Gets a Goose Egg / Shannon Anderson
Classic Fairy Tales with a Twist Bilingual
ISBN 979-8-8904-2634-5(hard cover)
ISBN 979-8-8904-2646-8(paperback)
ISBN 979-8-8904-2658-1(EPUB)
ISBN 979-8-8904-2670-3(eBook)
Library of Congress Control Number: 2023923682

Printed in the United States of America.

Seahorse Publishing Company

www.seahorsepub.com

Published in the United States
Seahorse Publishing
PO Box 771325
Coral Springs, FL 33077